3 1994 01285 0738

¿Le has dado de comer al gato?

Have You Fed the Cat?

A mi padre, Stan Kelly-Bootle, y a mi mamá, Peggy Bootle,
con amor y los mejores deseos

To my Dad, Stan Kelly-Bootle, and my Mum, Peggy Bootle,
with love and best wishes

Copyright © 2004 Michèle Coxon. All rights reserved. No part of this book may be reproduced or transmitted in any form or by any means, electronic or mechanical, photocopying, recording, or by any information storage and retrieval systems that are available now or in the future, without permission in writing from the copyright holders and the publisher.

First published in the United States of America in 2004 by Star Bright Books, New York.
Published in the United Kingdom by Happy Cat Books.

The name Star Bright Books and the Star Bright Books logo are registered trademarks of Star Bright Books, Inc. Please visit www.starbrightbooks.com.

Translated by Eurotext Translations Rosetta Stone.

Hardcover ISBN 1-59572-001-4
Paperback ISBN 1-59572-002-2

Printed in China
0 9 8 7 6 5 4 3 2 1

Library of Congress Cataloging-in-Publication Data is available.

¿Le has dado de comer al gato?

Have you fed the cat?

J SP PICT BK COXON, M.
Coxon, Michele
Le has dado de comer al
gato?

$15.95
NEW HOPE 31994012850738

Michèle Coxon

STAR BRIGHT BOOKS
NEW YORK

Cuando Sami llegó a vivir con la familia Rodríguez, era un diminuto gatito atigrado. Los niños, Rosa y Carlos, disfrutaban acariciar su suave pelaje. Sami ronroneaba de felicidad cada vez que los niños le decían lo hermoso que era.

When Sam came to live with the Robinsons, he was a tiny, tabby kitten. The children, Rose and Charlie, loved him and stroked his soft fur. They told him how beautiful he was and Sam purred happily.

Sami y los niños jugaban a corretear y a saltar. Cuando Carlos desenrollaba lana por el jardín, Sami saltaba sobre ella y volaba por los aires para atrapar las pelotas que Rosa le arrojaba.

Together they played pouncing and jumping games. Whenever Charlie pulled yarn through the grass, Sam leaped on it. He flew into the air to catch the balls that Rose threw.

"Eres tan inteligente," decía Rosa.
"Y tan hermoso," agregaba Carlos.
"Ya lo sé," ronroneaba Sami.

"You are so clever," said Rose.
"And so beautiful," added Charlie.
"I know," purred Sam.

Sami creció y se convirtió en un hermoso gato de pelo largo. Los niños también crecieron, pero parecían estar demasiado ocupados para jugar con él o acariciarlo.

Sam grew into a beautiful long-haired cat. The children also grew and became too busy for games and cat-stroking.

“Me siento solo,” pensaba Sami, mientras se lamía la cola. “Sólo me hacen caso cuando maúllo pidiendo comida.”

“I’m lonely,” thought Sam, as he cleaned his bottom. “The only time they pay attention to me is when I meow for food.”

Sami sabía muy bien cómo pedir comida. Se paraba en el medio de la cocina hasta que alguien casi se tropezaba con él. Cuando Carlos volvía de su entrenamiento de fútbol, cansado y cubierto de lodo, Sami se lamentaba "¡Tengo hambre! ¡Dame de comer!" Para que lo dejara en paz, Carlos le llenaba el plato de comida.

Sam was good at asking for food. He would stand in the middle of the kitchen until somebody almost tripped over him. When Charlie came back, tired and muddy from soccer practice, Sam wailed, "I'm hungry! Feed me!" To get some peace, Charlie filled his dish with food.

Paw Mc..

"¡Dame algo de comer!" se quejaba Sami, mientras se echaba sobre el teclado de la computadora. Rosa, que quería probar su nuevo videojuego, también lo alimentaba.

"Give me some food!" Sam meowed at Rose as he lay across the keyboard of her computer. Rose wanted to play her new game, so she fed him.

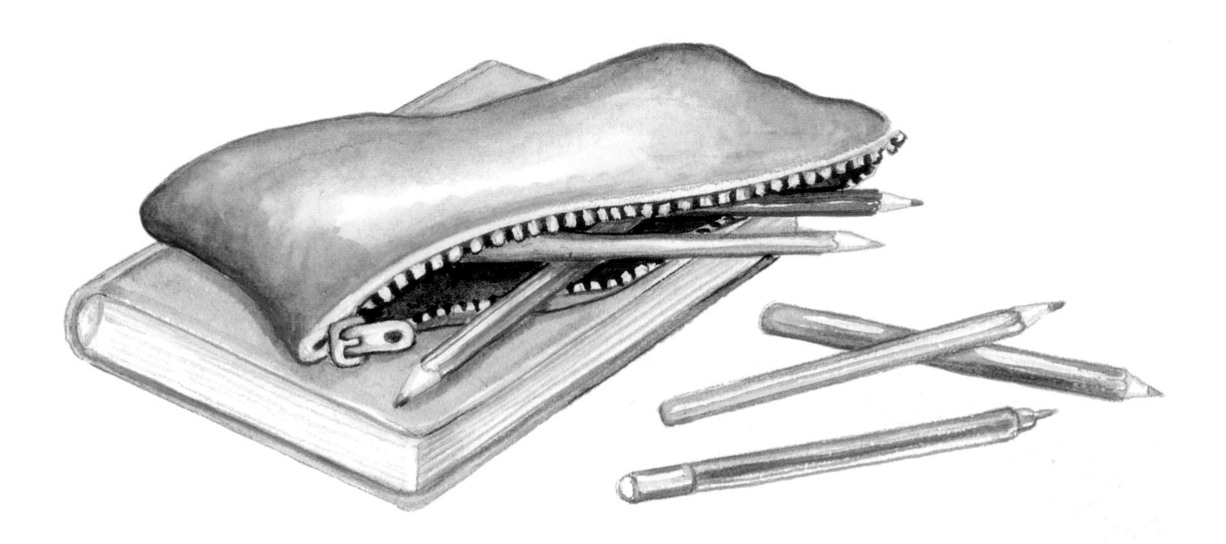

"¡Me muero de hambre! ¡Dame de comer!" rogaba Sami parado frente al televisor. Para poder ver su programa favorito, Mamá también lo alimentaba.

"I'm starving! Feed me!" begged Sam as he stood in front of the television. Mom fed him so she could watch her favorite program.

“¡Nadie me ha dado de comer!” maullaba Sami con tristeza mientras rasgaba el periódico de Papá. Papá arrojaba el periódico al piso y corría a buscar la comida para gato.

“No one has fed me!” Sam meowed sadly as he tore a hole through Dad’s newspaper. Dad put down his paper and got the cat food out.

The Cat was found

“¡Los Rodríguez nunca me dan de comer!” sollozaba Sami a los pies de la Sra. García. “Yo vengo aquí a limpiar la casa, no a alimentar el gato” murmuraba ella, pero igual lo alimentaba para poder asear en paz.

“The Robinsons never feed me!” wailed Sam as he got under Mrs. Jones’s feet. “I’m here to clean the house, not feed the cat,” muttered Mrs. Jones, but she fed him so that she could tidy up in peace.

Sami comenzó a engordar más y más – pero por su largo pelaje, nadie lo notaba. ¡Hasta que un día, Sami quedó atrapado en la puerta! Maulló tan ruidosamente que todos vinieron corriendo.

Sam grew fatter and fatter and fatter - but no one noticed because of his long fur. Then, one day, he got stuck in his cat-flap! He cried so loudly that everyone came running.

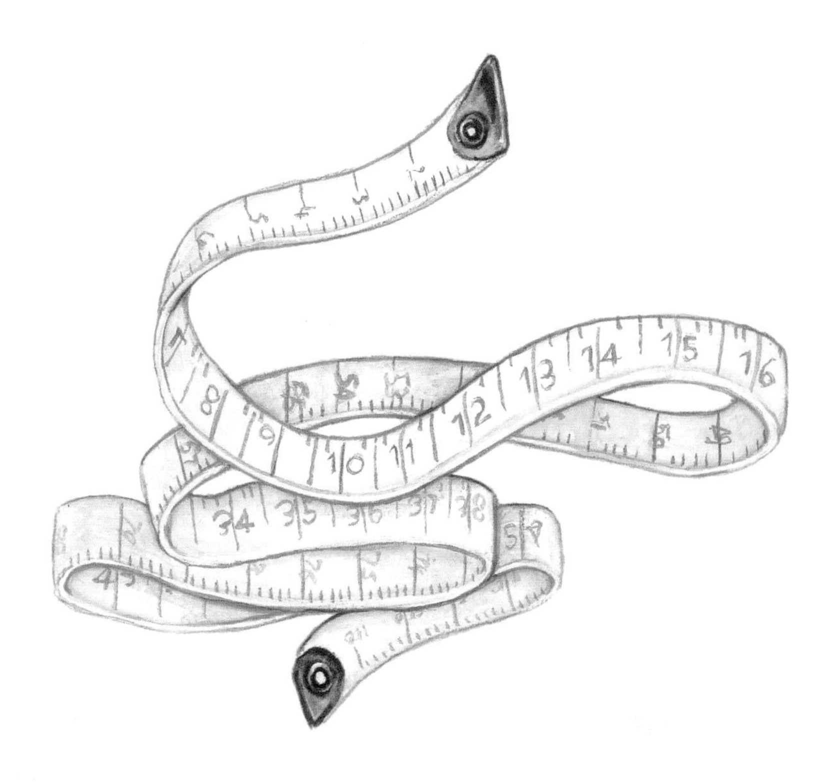

NE

"¿Cómo puede ser que estés tan gordo?" preguntó Mamá mientras lo halaba desde atrás.
"Yo no le doy demasiada comida," dijo Carlos.
"Yo sólo le doy un plato lleno," agregó Rosa.
"Sólo media lata," asintió Papá.
"Yo igual," dijo la Sra. García.
"¡Oh no!" se lamentó Mamá. "¡Todos le hemos dado de comer al mismo tiempo! De ahora en adelante serán solamente dos comidas por día para ti, Sami, como antes. Yo te daré de comer y los niños te ayudarán a adelgazar."

"How on earth did you get so fat?" asked Mom as she pulled him out from the back.
"I don't feed him much," said Charlie.
"I only give him one plateful," added Rose.
"Just half a tin," agreed Dad.
"Same here," said Mrs. Jones.
"Oh no!" cried Mom. "We've all been feeding him! It's back to two meals a day for you, Sam. I will feed you and the children can get you into shape."

GoCat
Top Cat
NEW IMPROVED
open
Senior
FRISKERS
Chicken
Senior 4 5
EVEN BIGGER IMPROVE
Whisk

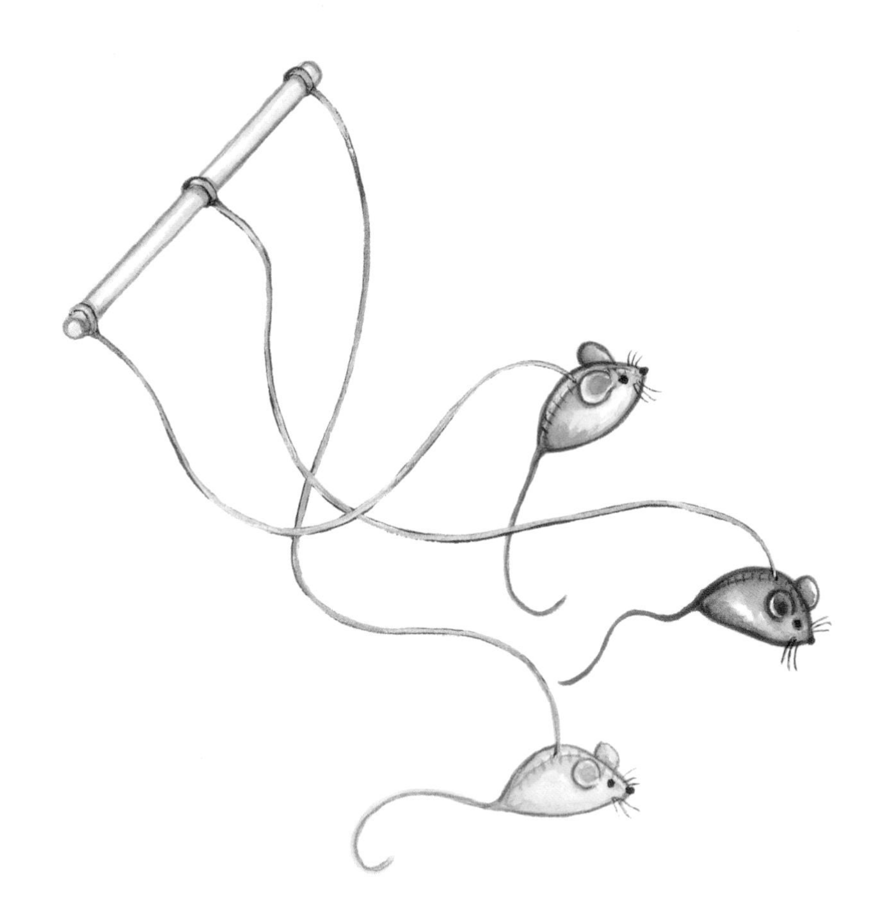

En los meses siguientes, a Sami no le quedó mucho tiempo libre para pensar en comida. Adelgazar significaba divertirse y jugar con su familia. A medida que perdía peso, podía saltar más ágilmente y llegar más lejos. Los niños reían y aplaudían y le recordaban lo hermoso e inteligente que era.

Over the next few months Sam didn't have much time to think about food. Getting in shape meant fun and games with his family. As he lost weight, he could pounce more quickly and leap much higher. The children laughed and clapped and told him how beautiful and clever he was.

Durante el baño, los niños jugaban a hacer burbujas para que Sami las atrapara. Los niños hacían burbujas y él las atrapaba. "¡Casi habíamos olvidado lo divertido que es jugar contigo!" se reía Carlos. Y desde entonces, Sami siempre tenía mucho que hacer y disfrutaba de dos buenas comidas al día...

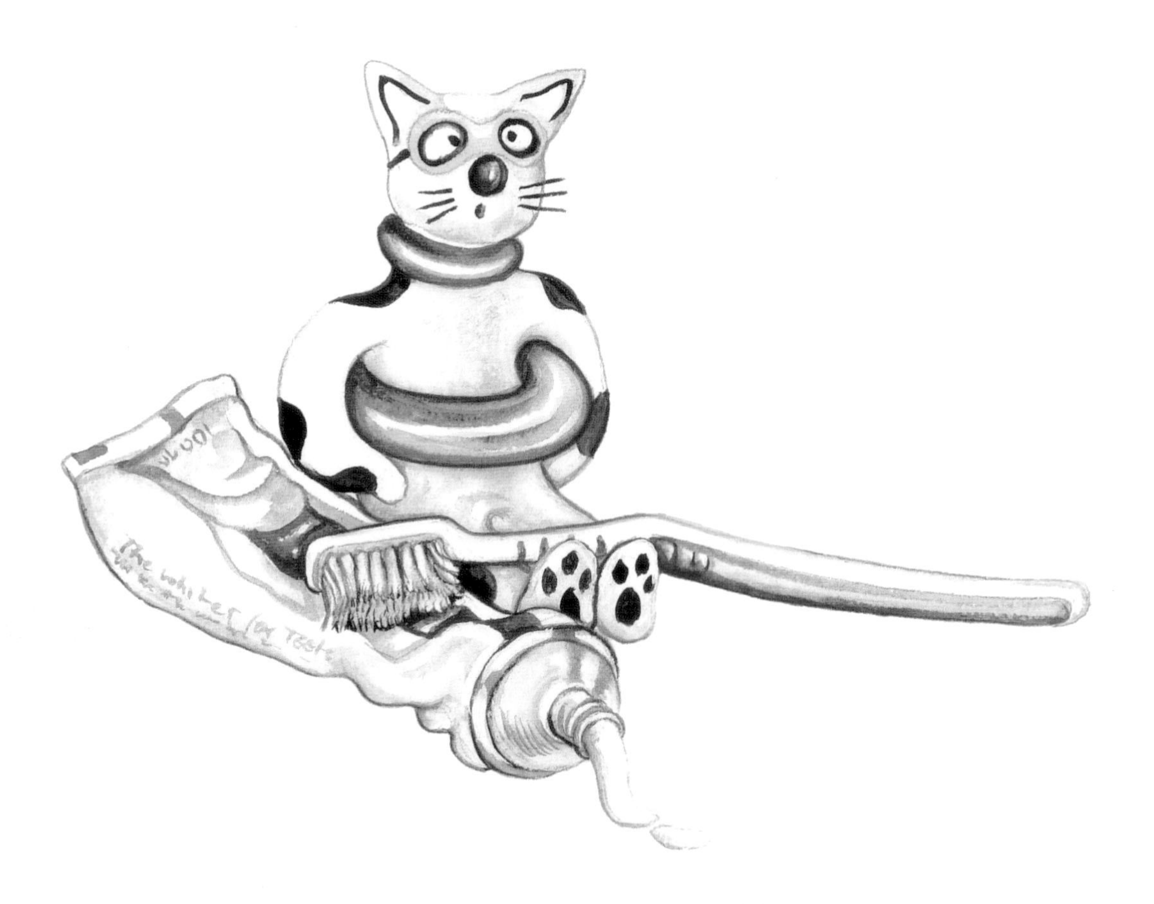

At bathtime, the children blew bubbles for Sam to catch. "We almost forgot how much fun you can be!" laughed Charlie. And from then on Sam had lots to do and two good meals a day...

Soap

¡Además de un bocadillo de cuando en cuando!

Apart from the occasional snack!